令和川柳選書

三色の絵

牧野芳光川柳句集

Reiwa SENRYU Selection
Makino Yoshimitsu Senryu collection

新葉館出版

令和川柳選書

三色の絵 ■ 目次

第一章　青　5

第二章　赤　35

第三章　紫　65

あとがき　94

令和川柳選書　三色の絵

Reiwa SENRYU Selection 250
Makino Yoshimitsu Senryu collection

第一章 青

人間を忘れるような雨が降る

背骨から寂しくなってくる日暮れ

幸せな人ばかり買う花の苗

楽をしていると言う手が荒れている
物知りの母が忘れた僕の顔
太陽が輝き過ぎる青写真

娘には娘の世界留守電話

汽車が去るたびに安堵をするレール

悲しみの深さがヒトを人にする

鳥の死を鳥は悲しむこと知らず

底冷えの底まで雪は降り積もる

節くれた指に心を掴まれる

故郷の緑で落とす目の鱗

夜の底から梟が問いかける

少子化の世に咲かせたい茄子の花

赤白の椿おんなじ匂いする
足の裏から風邪をひくお葬式
もう少し話していけよ盆の風

手の平を飛び立った鳥青くなる

世に飽きぬようにいただく幸不幸

荒れ野より淋しい人の群れの中

目を入れてこけしが深い息をする

脳味噌が出るほど風邪の洟をかむ

一人になってみれば風さえ話する

温かい土になるまで鍬を振る

互角だが神がちょっかい出してくる

千一羽からは二人で鶴を折る

夢のない川に蛍は帰らない
かすむ目になって仏が見えてくる
嘘吐くと息がだんだん臭くなる

牛の角悲しみだけを溜めている
尾骶骨に頑張っている進化論
校庭の広さを忘れそうになる

悲しみをパッチワークでとめてゆく

生きていく上手に嘘を飲み込んで

爺さんの牛もしていた鼻ピアス

今日の嘘燃やして海に日が沈む

故郷の山に大きな月昇る

悪口を言ってるような水の音

家が建つ底なし沼を埋め立てて
日向ぼこ修羅一匹を解き放つ
ドングリの実が降るように過去が降る

試されているなと思う北の風

麦秋のどこを向いても麦がない

週末の木馬が降りる最終便

つながって美しくなる渡り鳥
悪態を覚え人間らしくなる
柏手も打った十字も切ってみた

じっと見れば他人に見える僕の顔
木になると頑張っている草がある
いい人だ力いっぱい悔しがる

湖に浮かぶと月はよく喋る
水張ると空の青さが降ってくる
どんな世になっても稲の穂は黄金

焼き芋を齧りハイネを読んでいる

信じれば広がっていく海がある

夢でない証拠鱗が手に残る

古里へ空はだんだん青くなる
夕焼けが入道雲を茹であげる
考えて笑う悲しい人になる

渡ってはならない橋も架けてある
寂しくて寂しい人に会いに行く
濁点が動いて虫になっていく

野良犬の背は悲しみを負っている
丸まって寝る哀しみを抱くように
血管に介護保険がしみ通る

幸せを掴む形で双葉出る

嬉しいと笑う淋しくても笑う

父の山杉は真っ直ぐ天を向く

ゼンマイを巻いて時計が重くなる
手ぶらだと海が話をしてくれる
肩書きがボディーガードに囲まれる

町中の垢を洗っている噴水

宇宙から見れば地球に神がいる

運勢を見る易者にも運がない

不整脈持ってきたのは郵便屋
逆説の遥かにシクラメンが咲く
梅干が情けのように入れてある

セーターの穴ひとつずつ春が来る

転んだら空の青さがよくわかる

本物の時計は少しずつ狂う

春を待つだんだん軽くなる心

桐の花母の素顔がぶら下がる

雪女の足跡たどりスミレ咲く

Reiwa SENRYU Selection 250
Makino Yoshimitsu Senryu collection

第二章

赤

春が来るこの世あの世かなと思う

一本のミミズになって直腸診

老人と見られぬように背を伸ばす

春一番が缶蹴りにやってきた
名残雪よりも寂しくこぶし咲く
草を抜く根気で女生きていく

雑草と思っていない草ばかり

さくらさくら日本人に戻ろうか

窓際は人の尻尾がよく見える

友達のように笑ってくれる月

チャランポランと雑草が伸びていく

草取りをしても日本を考える

袢も背広も着心地は悪い

女房の口にシベリア寒気団

淋しくはないかと月がのぞき込む

寝る時が極楽と言う貧の底

老人の一人ひとりの今が旬

草や木に足があったらすぐ逃げる

神様の箸をスルッと抜けていた
八畳が百畳になる日暮れ時
橋の下だあれも覗く者がない

人間が手を合わす時神がいる
よく喋る小川と無視をする大河
にんげんが膨らんでいく五月の野

悲しみを溜めてマリモになっていく

鬼ヤンマ仲間外れになったのか

疑って蒔いた南瓜が芽を出さぬ

恋をした男の爪が丸くなる

人間の人間らしい加齢臭

株売買バカラルームでやりなさい

人間の吐息魚の生臭さ
一滴の涙も水面逃さない
方言で話せば口が軽くなる

無駄飯を食ったところが節になる

油蟬祈る形で脱皮する

人間に化ける　尻尾を折りたたみ

どう言うかプリンの端を押してみる

南瓜の種を吐き出しやすい中国語

計算をしたらこの世が薄くなる

真っ直ぐに押す印鑑が嘘くさい

聞く耳を持たない人も聞いている

偉そうなことは言わない偉い人

妄想を絡めてクズの蔓伸びる

神様の声が聞こえる日本語で

竹島は独島よりも美しい

幸せな時はお金を数えない
川幅の広さに頼りいがみ合う
キヲツケーの形で並ぶエコ風車

人の欲下痢をするまで捨てられぬ

落ち込んだ時古里がよみがえる

カラスより高く飛ばねばならぬ鳶

油蝉山の形で鳴いている
ひまわりの黄色にもある闘争心
欲のない小学生の絵に負ける

君がいるこの世丸ごと好きになる

恋の歌いつも歌っている小鳥

蟻と僕天秤棒にかけてみる

わかるかと展覧会の絵が睨む
健康でなければ過疎に住まれない
胸の中に眠ったままのトム・ソーヤ

過疎の夜星が流れる音がする
生き様を語る鱗を剥ぐように
俯けば影は次第に薄くなる

笑い合うようについてる人の口
捩花にバベルの塔へ続く道
太陽はお喋り秘密守らない

好きになる度弱点が増えていく
神様に敵も味方も祈ってる
入道雲の中には猫の喉がある

臆病になる　大切な人だから

地球より重い一日だってある

小魚の涙が詰めてある魚醤

唇に小骨いっぱい溜めている
その度に睨まれている赤信号
五月雨のようにお叱り受けている

母さんが笑ったような目玉焼き

鍬を休めて古里の山を見る

いい日和調子はずれの歌が出る

雨傘も日傘も捨てた母の意地

心電図フラットになるこれが死か

祝福をされているのか晴れた日に

延命措置母は幸せだったのか

桐の花の向こうで母が笑っている

夏椿　母の喪中はまだ明けぬ

Reiwa SENRYU Selection 250
Makino Yoshimitsu Senryu collection

第三章　紫

同じ空の下で戦や日向ぼこ

愛しいと思う壊してみたくなる

百点はとれない生まれ変わっても

点景に人を描くと動き出す

雪の日のレジ退屈に耐えている

天婦羅の衣に包まれる五月

老後とは居間とトイレの往復だ

愛情もカレーの味もぼけてくる

自負心を持って星座は動かない

伸ばしたら届く所にある孤独
甘いだけのメロンパンにはもう飽きた
いくつもの未だ未だを抱いている

嘘は許さぬ真っ白い梨の花

動物愛護めぐり戦争をしている

秘密など何もないけど不整脈

ＣＭで言うほどこの世甘くない
芽を出さぬ種をいっぱい持っている
テンションを上げて格安航空へ

毛沢東万歳の壁消え残る

筵の上に漢方薬が干してある

山水画の点景になり山登る

壊しているのか建てているのか分からない
新幹線コウリャン畑真っ二つ
喧嘩するように聞こえる中国語

西安の西日の先にある望み

埋めて掘る　なんぼでもある飯の種

年金でヒリヒリとした日を送る

灯油一缶ほどの温もりないこの世
神様が愛想をつかすまで祈る
神様はどこにもいない冬の空

神々を恐れずビルが伸びていく
ダライ・ラマの形で袈裟が待つポタラ
どの国の子も太陽の子供達

ベートーベン流し牛乳搾りだす

雷鳴がドボルザークにのって来る

地獄よりましな地獄へ避難民

変人と言われてからが芸術家

ドナドナもドウドウドウも解る牛

廃線の電車銀河に迷い込む

コンビニもガス会社でも電気売る

ＩＴを操っている宇宙人

この世とは女神を鬼にする所

嘘つきと言ったら皆が振り返る
人間も地球も中はドロドロだ
青空を背負って丘は動かない

雑念がよぎった時に誤嚥する

雑草と呼ぶな名前はついている

タンポポを残していった草刈り機

筆と墨あれば描ける大宇宙
お茶漬けか即席めんの選択肢
頑張った人が白旗持たされる

折れそうな影を夕日が引き伸ばす
胸の中には森もある海もある
人生の真ん中にいるいつの日も

枕の中にきっと魔法の国がある
石庭の石は意外によく喋る
オムレツのトロリと恋の舌触り

十字架が傾き×印になる

温暖化鳥も南の声で鳴く

猪を拒み村中網の中

月旅行よりも桃源郷巡り

貧しさを抜ける　机にかじりつき

アンポンタンアンポンタンと陽は沈む

カメムシの嫌な臭いは神の技
消えそうになるから色を塗っておく
妻の手が荒れていくのは僕のせい

貧乏人の足は踏ん張るためにある

Tちゃんの頬にトマトの匂いした

マナーどおり食べると味が不味くなる

もしかして　もしかもしない蚕の市

青春を思い出させるボロ車

十月の雨は遠い国からやって来る

歴史には残らぬこともやり遂げる
万物の涙が海の塩になる
横にいるだけで空気が温かい

古稀過ぎた胸にも色や熱がある

柿の木を残さず伐って熊退治

バス停に二人　ドラマは生まれない

沈没も難破もしないままで下戸
点線でも繫がっている生きている
雨傘を差さないでいる嬉しい日

椰子の葉の先が心に触れてくる
幸せの真っただ中の砂時計
秋の空逢いたい人が独りいる

あとがき

平成九年から始めた川柳は今年で二十六年目に突入しました。

元来、整理が苦手な私は大会や句会に提出する句をノートや雑記帳にまとめていましたが、この度新葉館出版社の松岡恭子氏から句集出版のお誘いがあり、これまでの句をまとめるのに丁度良い機会だと思い、資料を引っ張り出して二五二句にまとめました。

これが思った通り大変な作業で、特に自分の句を選別するというのは、自分の思い入れもあり、第三者の目で選ぶのと違ってなかなか絞りにくいものでした。

三章に分けて編集されるということで、大まかに作句年で三分割し、第一章は青の時代、第二章は赤の時代、第三章は紫の時代としました。紫は青と赤の混合した色になります。丁度、かつて川柳マガジン文学賞に応募した題名のひとつに「三色の絵」と名付けていたものがあり、この題名を使わせていただきました。

これまで、二十五年以上続いたのは、仕事を除くと川柳だけです。入会したての頃は二十年以上川柳をされている諸先輩を見て、柳歴の長さに驚いていましたが、いざ二十年以上過ぎてみるとアッと言う間のように思います。続けていると良い時もあればスランプの時もありますが、些細な事にとらわれない方が良いと思えるようになりました。

色々な趣味がある中で、川柳の良いところは、先生とか師匠とかの格付けがないところだと思います。著名な方でも親しい方には○○さんと気軽に呼ばせてもらえます。

近頃はコロナ禍のため大会で会う事が出来なく、お互いに寂しい思いをされている柳友が多いと思いますが、四十年間仕事をしていた時の友達よりも川柳の友達の方が多くなりました。歳の上下も打算もなく気軽に話す事の出来る川柳という趣味を持っていることに感謝しないではいられません。

さて、私がこの二十数年に作って来た句の第一章から第三章まで比較してみますと、今更ながら大した進歩がないように思えてきました。しかし、これも私であり、集大成と言えないまでもこれまでの私の歴史として記しておきたいと思っています。

終わりに、この句集の発刊にあたりお世話になった新葉館出版の松岡恭子氏をはじめ、これまで交流させて頂いた諸先輩諸氏及び川柳仲間の方々にお礼申し上げます。

二〇二三年十月吉日

牧野芳光

●著者略歴

牧 野 芳 光（まきの・よしみつ）

鳥取県倉吉市在住。

1948年3月15日　鳥取県倉吉市大原に生まれる

1997年　打吹川柳会入会

2011年　川柳塔　路郎賞受賞

2016年　第14回川柳マガジン文学賞大賞受賞

現在、打吹川柳会会長、鳥取県川柳作家協会会長、川柳塔社理事、全日本川柳協会常任理事、新日本海新聞社柳壇選者

著書に「蜃気楼」

令和川柳選書

三色の絵

○

2023年10月29日　初　版

著　者

牧　野　芳　光

発行人

松　岡　恭　子

発行所

新　葉　館　出　版

大阪市東成区玉津1丁目9-16 4F　〒537-0023

TEL06-4259-3777㈹　FAX06-4259-3888

https://shinyokan.jp/

○

定価はカバーに表示してあります。

ISBN978-4-8237-1266-1

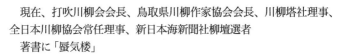